CAUSERIES D'OUTRE-TOMBE

LES

SOLUTIONS

PAR

EDMOND GAZALY

JUIN 1871

DIJON

IMPRIMERIE DE J.-E. RABUTOT

Place Saint-Jean, 1 et 3

1871

AVANT-PROPOS

Un jour, — c'était, je crois, la veille de la fête du village, — un enfant blond et rose, assis sur le pas d'une chaumière, mangeait à belles dents une tartelette que lui avait donnée sa mère. La tartelette, chaude et fumante encore, était grasse et odorante : l'enfant était heureux comme un Chinois mangeant un bon nid d'hirondelles. Passe un caniche. L'odeur l'attire : il s'approche. Il avait l'air bon diable. Jamais chien n'avait volé l'enfant. Celui-ci l'appelle. Remuant le bout de la queue, l'œil caressant, l'oreille un peu baissée pour se donner une mine plus douce, le caniche obéit, vient tout auprès et happe la tartelette. Un autre aurait pleuré ! L'enfant, sans s'émouvoir, rentra dans la chaumine, prit au coin de l'âtre un vieux sabot percé dont sa mère se servait pour aller chercher du feu chez la voisine, avisa, je ne sais où, une ficelle, coupa un morceau de pain et revint sur le seuil. Le caniche y était encore. La maison sentait la fête : il attendait, gueule béante, nouvelle prise. L'enfant lui jette une bouchée de pain; la bête mange et s'enhardit. Il joue avec elle et lui donne une seconde bouchée. C'était tout bénéfice; le chien se laisse faire. Le blondin lui attache à la queue la ficelle suivie du vieux sabot percé, ramasse une pierre et la lui jette. De peur, le caniche saute : le sabot bondit sur ses jarrets. Le caniche crie et s'enfuit; le sabot bondit de plus belle et le talonne impitoyablement. Le caniche hurle et redouble de vitesse pour échapper aux coups qui le poursuivent; le sabot bondit plus haut, plus souvent, et lui meurtrit plus fort les pattes de derrière.

La pauvre bête tomba-t-elle épuisée ? fut-elle prise de rage ? ou bien si la ficelle cassa, je ne sais. Ce qu'il y a de certain, c'est que l'image du caniche remorquant son sabot qui le bat a toujours évoqué en moi l'idée de la France remorquant la Révolution qui la talonne et la meurtrit ; et, si j'ai écrit ces pages, c'est que je suis l'un de ceux qui voudraient couper la ficelle.

E. G.

LES SOLUTIONS

VOLTAIRE. — Tu sembles bien triste, Montesquieu ; on lit sur ton front de sombres pensées : à quoi songes-tu ?

MONTESQUIEU. — A la France, à l'effroyable problème que lui pose la Providence.

VOLTAIRE. — Quel problème ?

MONTESQUIEU. — Cinquante-deux départements sont convoqués pour le 2 juillet dans leurs comices, pour élire cent quinze députés qui doivent compléter l'Assemblée nationale.

VOLTAIRE. — Ah !

MONTESQUIEU. — Oui, une ombre vient de m'apprendre cette nouvelle, et, malgré l'ordinaire sérénité de mon esprit, je suis inquiet, troublé, j'ai peur.

VOLTAIRE. — Pourquoi ?

MONTESQUIEU. — C'est que si je sais bien ce qu'on devrait faire, je n'entrevois pas ce que l'on fera.

VOLTAIRE. — Et que devrait-on faire ?

MONTESQUIEU. — Sortir du provisoire ; choisir résolument et définitivement la Monarchie ou la République ; puis, l'un ou l'autre principe admis, faire que la Légalité soit une souveraine, même implacable, et dire à la Révolution : — Tu n'irais pas plus loin !

Sais-tu, Voltaire, d'où viennent toutes les calamités de notre pauvre patrie ? — Depuis quatre-vingts ans, la France s'agite et souffre, parce que, depuis quatre-vingts ans, elle méconnaît le principe de tout ordre, de toute prospérité, de toute civilisation : — la légalité. Le 20 juin et le 10 août 1792, le 18 brumaire an VIII, le 25 juillet 1830, le 24 février 1848, le 2 décembre 1851, le 4 septembre 1870, le 18 mars 1871, le peuple et le pouvoir, les gouvernés et les gouvernants violent tour à tour le Droit, la Constitution, la Légalité. La conscience politique en France est affolée. Elle n'existe pour ainsi dire plus. Il y a des rêves généreux, des ambitions ardentes, des convoitises effrénées, des passions aveugles : — il n'y a point de citoyens, point de mœurs politiques, point de convictions. La France, comme un vaisseau battu par la tempête et poussé par tous les vents dans toutes les directions, court à la dérive vers je ne sais quel écueil ! Le respect de la légalité seul la sauverait. Mais un peuple peut-il, dans un moment et sur l'heure, se créer des mœurs politiques et des convictions ? Je ne le crois pas. Aussi, si je connais bien le mal qui atteint et ronge la patrie dans ses œuvres vives, je n'espère pas qu'elle soit capable d'appliquer le remède, et mon cœur, comme le tien, Voltaire, est assailli de sombres pressentiments.

Joseph de Maistre. — Ah ! Montesquieu, je n'ai jamais eu pour toi une tendresse profonde ; mais ce que tu viens de dire me réconcilie avec toi. Oui, le remède aux maux de la France, c'est la légalité. Si tu avais ajouté un seul mot : la Foi, tu eusses été complet.

Voltaire. — La foi ! — la Foi après Voltaire ! — Tu ne sais pas, de Maistre : eh bien ! quand tu vins au monde, — par une singularité qui n'est cependant pas sans exemple, — au lieu d'avoir la face placée comme Socrate, comme Rabelais, comme Descartes, comme presque tous les philosophes, du côté de la poitrine, pour regarder devant toi, tu as eu la merveilleuse chance de l'avoir placée du côté des reins, pour regarder en arrière. Tu as toujours vu le passé : l'avenir jamais. Toi et Rousseau, vous feriez la paire : lui n'a jamais vu que l'état sauvage, toi que le catholicisme. Or, l'état sauvage a été tué par la société, et le catholicisme par la raison. Passons et tournons le feuillet, compère.

J. de Maistre. — Vraiment, ah ! si je voulais !

Voltaire. — Ne te gêne pas, Savoyard (1), mon ami, et tâche de vouloir.

J. de Maistre. — Ah ! puisque l'occasion se présente, je ne suis pas fâché de te dire ton fait, à toi, qui l'as dit tant et si bien aux autres.

Tu disais l'autre jour à Rousseau : — Tu t'appelles la Révolution ! — Toi, Voltaire, tu t'appelles la Négation. — Ricaner, gouailler, critiquer superficiellement, chercher des poux dans la crinière léonine de Pierre Corneille ; écrire des petits vers pour les petites dames, des contes égrillards pour les filles et leurs acolytes ; commettre la Pucelle, qu'un honnête homme n'oserait pas lire et surtout pas signer ; tout conspuer, tout démolir, te faire une litière de toutes les choses

_____

(1) Joseph de Maistre est né en Savoie, à Chambéry, en 1753.

sacrées, et t'édifier une gloire douteuse sur les mauvais instincts des peuples et les ruines de leurs croyances, — voilà ton lot. — Tu nies et tu t'indignes? Voyons! — Qu'as-tu fondé? quelle théorie as-tu laissée à l'humanité? Et quand le pauvre aujourd'hui, dans sa chaumière, grelotte et crie la faim, quel remède offres-tu à sa misère et quelle consolation?.

VOLTAIRE. — La Liberté!

J. DE MAISTRE. — Oui, la liberté du club et la liberté du vice, la dépravation morale dans ce monde et la damnation dans l'autre! — La liberté ne fonde rien; elle détruit. C'est le principe d'autorité qui a vu naître et grandir les peuples. Ils commencent par la Théocratie, l'autorité des prêtres, les lisières de la Foi; puis, ils vont, quand ils sont plus nombreux et plus passionnés, de la Théocratie à la Monarchie, qui les discipline, les guide, et, pasteur divin, dirige sûrement leurs instincts et leurs passions vers leurs destinées providentielles.

VOLTAIRE. — L'humanité n'est plus dans l'enfance.

J. DE MAISTRE. — Qu'en sais-tu? — Si elle doit vivre mille siècles, — ce que je crois, — elle n'est pas plus âgée qu'un enfant de six ans. Et, lui donner aujourd'hui la liberté, ce serait la trahir ou la perdre. Aussi, dans la crise douloureuse que traverse la France, il n'est, à mon avis, qu'un seul remède : Henri V, c'est-à-dire l'Autorité, la Légalité et la Foi.

VOLTAIRE. — Eh! bien, comte, va-t-en proposer ton fétiche aux Français, et tu verras ce qu'ils te répondront! — Ils te répondront...

MARAT. — Par les journées de septembre, par le 21 janvier, par la guillotine, et ils auront raison!

VOLTAIRE. — Laisse Marat savourer son rêve de sang, et causons : veux-tu ?

J. DE MAISTRE. — Soit.

VOLTAIRE. — Si l'on te forçait d'adorer Luther et Calvin, serais-tu content ?

J. DE MAISTRE. — Non.

VOLTAIRE. — Si l'on décrétait que tout homme qui ira à la messe et communiera sera mis à mort, jubilerais-tu ?

J. DE MAISTRE. — Non.

VOLTAIRE. — Si tu étais ce que tu es, intelligent et fort, et qu'un malotru, né d'un père quelconque et d'une mère noble, te dit : — Je voterai, moi ; je déciderai, moi, du sort de la patrie, et toi, de Maistre, tu rameras mes choux, — serais tu satisfait ?

J. DE MAISTRE. — Non.

VOLTAIRE. — Eh bien, Henri V est impossible en France, parce qu'il imposerait le joug des nobles et des prêtres, la loi du Sacrilége et la loi d'Amour, et que la France aujourd'hui entend garder ce qu'elle a conquis au prix de souffrances inouïes, — la liberté de conscience et l'abolition des priviléges, voter au même titre que le malotru, et communier s'il lui plaît.

ARMAND CARREL. — Non, Henri V n'est pas la solution désirable et possible.

J. DE MAISTRE. — Quelle est-elle ?

A. CARREL. — La République !

LE COMTE DE MORNY. — Non : Napoléon IV.

VOLTAIRE. — Non : les d'Orléans.

PROUDHON. — Erreur : c'est la Sophiocratie.

DE MORNY. — Mon cher Proudhon, vous avez toujours été un garçon plein d'esprit, et eu des inventions de mots superlifiques. Sophiocratie rime pauvrement avec An-archie ; pourtant, ce n'est pas mal.

PROUDHON. — A moi, comte, deux mots !

DE MORNY. — Que je m'escrime contre un dialecticien et ses antinomies renouvelées des Allemands, nenni ! — Voulez-vous m'écouter, Messieurs ?

LE CHEVALIER D'ASSAS. — On va nous vanter l'homme de Sedan et sa dynastie !

DE MORNY. — Mon cher, je vanterai tous ceux qu'il me plaira de vanter : c'est bien le moins que, ici, nous ayons la liberté de dire ! Messieurs, vous m'écoutez ?

VOLTAIRE. — Nous écoutons.

DE MORNY. — Napoléon III.....

BARTHÉLEMY. — Haro sur le baudet !

DE MORNY. — Toi, tu l'aurais flatté ! — Napoléon représente au plus haut degré la souveraineté populaire. Seul, entre tous les rois du monde, il a été acclamé par tout un pays : souvenez-vous du 8 mai 1870 ! — Vous tous, Messieurs, qui connaissez l'histoire, citez-moi un seul souverain à qui un peuple, en pleine liberté, sans pression administrative, sans terreur, ait donné 7 millions 300 mille suffrages sur 9 millions de votants ! C'est, à mes yeux, le fait le plus remarquable des annales de l'homme. Il constitue la force la plus grande : le droit, la légalité, comme disait tout à l'heure Montesquieu. Aussi, je pense que c'est par Napoléon III, ou plutôt par son fils, que la France peut sortir de l'impasse où elle est, et retrouver le chemin de ses destinées.

CONDÉ. — Morny, tu te trompes : le 2 septembre 1870, Napoléon a écrit sur les murs de Sedan, avec cette brave épée qu'il a rendue à Guillaume de Prusse :

« CI-GÎT LA DYNASTIE NAPOLÉONNIENNE ! »

De Morny. — Sedan est un malheur : un malheur n'infirme pas le droit.

Montesquieu. — C'est vrai : François Ier, prisonnier à Pavie, n'est pas moins resté roi de France. Mais François Ier a dit et pouvait dire : — Tout est perdu, fors l'honneur ! — En est-il ainsi de l'homme de Sedan? Comte, tu sais bien que non. Tu sais bien, tu sais mieux que personne qu'il pillait la France ; qu'il prenait, chaque année, sur le budget du ministère de la guerre, je ne sais combien de millions pour satisfaire des fantaisies ruineuses, pour nourrir des parasites affamés, pour fermer la bouche à des complices dont tu connais les habitudes prodigues et les appétits voraces.

De Morny. — Belle affaire, en vérité ! — Plaie d'argent n'est pas mortelle.

Montesquieu. — Soit. — Je ne suis pas d'un esprit assez étroit pour reprocher à Napoléon III quelques centaines de millions volés à ce riche pays de France, et je les lui pardonnerais volontiers ; je lui en pardonnerais le double, si, après nos échecs, nous avions eu deux millions de chassepots à mettre entre les mains de deux millions de Français pour chasser l'ennemi. Mais l'armée n'avait ni munitions, ni vivres, ni artillerie, ni chassepots, parce que toi, comte, et tes pareils, vous les aviez mangés. C'est là le crime, et voilà pourquoi les Bonapartes sont à jamais impossibles. Un malheur, j'en conviens, n'infirme pas le droit, à une condition pourtant : c'est que ce malheur ne soit pas la conséquence de la violation du droit !

Barbaroux. — Montesquieu ! l'homme de Strasbourg, l'homme de Boulogne, l'homme du 2 décembre, l'homme de Sedan, on ne discute pas ça.

A. CARREL. — Ce qu'on ne discute pas non plus, et pour une tout autre cause, c'est la République; n'est-ce pas, Messieurs ?

ROYER-COLLARD. — Et pourquoi donc ?

A. CARREL. — Parce que la République, c'est le gouvernement du pays par le pays.

R.-COLLARD. — Des mots !

A. CARREL. — Parce qu'elle a pour base le suffrage universel.

R. COLLARD. — Une ânerie !

A. CARREL. — Une ânerie ! L'homme est-il né libre?

R.-COLLARD. — Oui.

A. CARREL. — Doit-il l'être ?

R. COLLARD. — Cela dépend : quand il a moins de vingt ans, s'il n'a point de père, on lui donne un tuteur ; quand il est majeur, s'il est fou, on lui donne un cura- teur. Je vois où tu veux en venir : — l'individu est né libre; donc une collectivité d'individus, un peuple, doit être libre. C'est vrai, mais c'est naïf.

A. CARREL. — Mais si un peuple est trop jeune ou trop peu éclairé, qui donc lui imposera un tuteur ou un curateur?

J. DE MAISTRE. — Dieu !

A. CARREL. — Le droit divin, alors ?

J. DE MAISTRE. — Oui. Et pourquoi pas?

A. CARREL. — Parce que le droit divin, tel que vous l'entendez, ô théocrate ! n'est plus qu'une vieille idole aux pieds de laquelle on ne brûle plus d'encens. — Le droit divin, oui, je l'accepte : le droit des peuples, le droit qui a été, depuis si longtemps, formulé par ces mots : — La voix du peuple, c'est la voix de Dieu.

R.-COLLARD. — Le suffrage universel, n'est-ce pas ?

A. CARREL. — Sans doute.

R.-COLLARD. — La souveraineté du peuple ! symbole grossier de la force, cri éternel des démagogues, pâture des factions, qui s'en nourrissent et ne s'en rassasient jamais ! — Rappelle tes souvenirs : excepté les premiers jours de 89, si vite écoulés, où la souveraineté du peuple n'avait que l'aspect innocent d'une vérité philosophique, quels sont les crimes publics auxquels elle n'a pas présidé ? A quelle divinité barbare a-t-on immolé plus de victimes humaines (1) ?

A. CARREL. — Le fait que vous offirmez si éloquemment est plus que contestable, et, fût-il vrai, il ne prouverait rien. J'imagine que le Dieu de vos rois Très-Chrétiens a plus causé de misères et de sang répandu que le dieu des démocrates, le suffrage universel. Mais passons. Quand mon dieu, à moi, quand le droit du peuple serait né, aurait grandi sur une immense hécatombe humaine, qu'est-ce que cela prouverait contre lui ? — Rien. — Est-ce que la vie ne naît pas de la mort ? Est-ce que les douze grains de l'épi qui pousse et mûrit sur le sillon ne sont pas le produit d'un grain mort et putréfié ?

VOLTAIRE. — C'est vrai ; — mais cela ne répond nullement à l'objection si grave que t'a faite Royer-Collard : « Quand l'homme est jeune, on lui donne un tuteur. » — Je suis persuadé que, en principe, il admet le suffrage universel, mais à cette condition que tous ceux qui exerceront ce droit redoutable seront,

(1) Discours sur l'Hérédité de la Pairie, octobre 1831,

comme toi et comme lui, instruits, intelligents et désin-
téressés, de vrais hommes et non pas de vrais loups.
En théorie, c'est superbe et incontestable ; en pratique, c'est ridicule, odieux ou terrible. Tu parlais
tout à-l'heure, Carrel, du grain de blé confié au sillon,
fermentant et donnant par sa mort douze grains pour
un : tu n'avais pas réfléchi. Ton grain, semé en temps
et saison, fructifiera sans doute ; sème-le au mois de
juillet, et tu verras ! — De même le suffrage universel. — Va ! Carrel, il est encore trop tôt pour cette
semaille-là !

A. CARREL. — Tu admets enfin, toi, Voltaire, que
le suffrage universel est le droit absolu, la justice ?

VOLTAIRE. — Oui, sous réserves.

ROGER BACON. — Non ; ce qui est approuvé du vulgaire est nécessairement faux (1).

A. CARREL. — Du vulgaire de ton temps, c'est possible.

R. BACON. — Du vulgaire de toutes les époques et
de tous les peuples.

Un poète de votre pays a dit :

> Les sots depuis Adam sont en majorité.

Ce vers l'a immortalisé, parce qu'il sera éternelle-
ment vrai. Il y a plus de brins d'herbe que de chênes :
il y aura toujours plus d'imbéciles que d'hommes intelligents. Or, comment veux-tu tirer d'une majorité
d'imbéciles quelque chose qui ait le sens commun ? —
Soumets à une nation guerrière une question de guerre
ou de paix ; donne à cette nation un prétexte : son
honneur offensé, ses intérêts compromis ; moins que
cela : que cette nation ait une vieille rancune contre

---

(1) Roger Bacon, *De potestate mirabili.*

un voisin, et tous ces preux, tous ces idiots chanteront en chœur :

Guerre aux tyrans ; jamais, jamais en France... .

puis, sans motifs et sans but, ils se précipiteront dans un abîme de larmes et de sang !

Les hommes les plus remarquables ou les plus expérimentés, ceux qui ont apporté aux choses de la politique une grande sagacité, de longues méditations ou une longue pratique, se sont trompés : Louis XI va à Péronne, Louis XIV va en Espagne, Napoléon va en Espagne et en Russie, c'est-à-dire compromettent ou perdent leur pays, — et vous voulez qu'un homme qui ne sait rien, qui ne peut rien savoir, qu'un crétin, qui, avec le meilleur maître de grammaire, ne comprendra jamais la différence qu'il y a entre une ellipse et une syllepse, vous voulez que cet homme vote sur l'opportunité d'une guerre, la valeur du principe d'autorité ou de liberté, et surtout sur les questions sociales, les plus plus importants, les terribles problèmes que laProvidence ait posés à l'humanité ! Qu'un menuisier parle d'une fenêtre ou d'un buffet, qu'un laboureur parle d'assolements ou de prairies artificielles, soit'; mais qu'ils émettent une opinion sur une question politique ou sociale dont ils ne connaissent pas le premier mot, allons donc ! — *Ne sutor ultrà crepidam !*

A. CARREL. — Pourtant.....

R. BACON. — Laisse-moi finir, Carrel. — Non seulement le suffrage universel répugne au bon sens, mais il viole le droit absolu, la justice. Comment n'as-tu pas compris que le vote d'un homme qui a consacré les plus belles années de sa vie aux méditations

les plus abstruses et qui s'est efforcé d'atteindre l'idéal
du bien et du beau ne doit pas avoir la même valeur
que le vote de l'idiot, du fripon, du gredin, de tous
les membres de cette vile multitude qui grouille,
s'agite, envie et conspire au fond des sentines sociales?
Le vote d'Achille annihilé par celui de Thersite, le
sage mis au niveau du bandit, la science pesant *moins*
que l'ignorance, c'est là ta justice, Carrel, et ton rêve!

A. CARREL. — Pesant *moins*, non pas.....

R. BACON. — Beaucoup moins, Carrel, puisque le
nombre des sots, des imbéciles, des ambitieux, des
ignorants, des hommes assaillis et dévoyés par les
vices, par le besoin, par les passions, est infiniment
plus grand que le nombre des hommes voués au culte
du bien et du beau. — Va! proclame la souveraineté
de la sottise et du mal, mais ne te dis pas l'apôtre
intelligent de la science et du bien.

D'ailleurs, en logique, qu'est-ce que prouve le
nombre? — Rien. — Quand Galilée affirmait, contra-
dictoirement avec la presque unanimité des hommes,
que la terre tournait autour du soleil, qui avait raison?
— Galilée ou le genre humain? — Et le peuple français
se choisissant pour chef en 1848, en 1851, en 1852,
l'homme de Strasbourg, l'homme de Boulogne, l'homme
du 2 décembre, qui devait être l'homme de Sedan, —
qu'en dis-tu? — Si un sentiment, généreux mais irré-
fléchi, te fait le prôneur ardent du suffrage universel,
est-ce que ta raison, voyant les conséquences, ne se
révolte pas?

Il y a plus: le suffrage universel est, comme dirait
Proudhon, antinomique.

Tu dis: — L'homme est né libre; donc il a le droit de

régir à son gré ses destinées. — Puis, ayant dit cela, tu triomphes ! Je répète le mot de Royer-Collard : Anerie !

Ecoute-moi : la liberté enfante le suffrage universel, n'est-ce pas ?

A. CARREL. — Oui.

R. BACON. — Eh bien ! le suffrage universel, né de la liberté et pour la liberté, tue la liberté. — Je suppose qu'il y ait dans un pays dix millions d'électeurs : cinq millions et demi votent pour le principe monarchique et quatre millions et demi pour le principe républicain. Qu'arrivera-t-il ? — C'est que plus de quatre millions d'hommes seront contraints de subir un pouvoir contre lequel proteste leur conviction et conspireront sans cesse contre un gouvernement détesté. L'oppression et l'insurrection, deux mauvaises locomotives pour la prospérité des peuples ! Quatre millons et demi d'opprimés et d'insurgés, quel rêve de planteur américain ou de grand seigneur russe !

Si tu me répondais avec Grotius, ce Hollandais indigeste, ou avec J.-J. Rousseau, cette sensitive grandie dans le fiel, que les quatre millions et demi de dissidents peuvent s'expatrier et se soustraire ainsi au joug de la majorité, tu répondrais mal : quatre millions et demi d'électeurs, c'est-à-dire, en comprenant les femmes, les enfants et les aïeux, quinze millions d'individus, ne peuvent pas abandonner, n'abandonneront jamais, à cause d'une conviction politique, leurs champs, leur maison, leurs parents, leur clientèle, leur commerce, leur industrie, leur patrie, en un mot.

Tu le vois donc, Carrel, le suffrage universel ne satisfait ni les minorités, ni la logique, ni la justice, ni le bon sens, ni l'indestructible instinct de la liberté.

2

MIRABEAU. — Tu aurais pu ajouter, Bacon, que, en France, le suffrage universel est un danger. — Et pour deux raisons.

ROUSSEAU. — Développe-nous ce paradoxe.

MIRABEAU. — Oui, sophiste.

Depuis soixant-dix-huit ans, — j'excepte 89, — depuis soixante-dix-huit ans, grâce au système administratif de la France, par qui ont été faites les révolutions ? Qui donc lui impose les secousses violentes qui la mènent d'anarchie en despotisme et de despotisme en anarchie ? — Paris. Paris commande : la province, contente ou non, s'incline et obéit. Un tyran s'installe aux Tuileries : respect au tyran ! — Dix hommes courent à l'hôtel de ville, se nomment eux-mêmes les maîtres et souverains seigneurs du pays, proclament la République, font jouer le télégraphe, expédient des commissaires ordinaires et même extraordinaires dans les départements, et le tour est fait : — la France sera républicaine ! Que, un jour, un tyran digne de gouverner les peuplades du centre de l'Afrique, ou bien que dix hommes, affolés par l'utopie communiste, s'emparent des Tuileries ou de l'hôtel de ville par l'un de ces hasards qu'on rencontre si souvent dans l'histoire des peuples, et la France subira, pour un moment du moins, le tyran ou l'utopie (1).

---

(1) On objectera au raisonnement de Mirabeau l'exemple de la révolution du 18 mars ; on lui dira : — Paris, communiste pendant deux mois, n'a pas fait le reste de la France communiste — L'objection n'est que spécieuse. Il y avait trois causes pour que le mouvement communiste de Paris ne s'étendît pas dans la province. D'abord, le gouvernement n'était pas à Paris et ne fut pas enlevé et supprimé ; ensuite, le télégraphe n'a pu transmettre les ordres de la commune, puisque la commune était bloquée par le gouvernement de Versailles ; enfin, les Prussiens occu-

A. CARREL. — Tu plaides contre ta thèse, Mirabeau : le suffrage universel est précisément une garantie contre ce danger de la centralisation.

MIRABEAU. — En théorie, c'est vrai ; en pratique, c'est faux. En 1848, le 24 février, quand la République a été proclamée par l'hôtel de ville, la France était-elle républicaine ?

ARMAND MARRAST. — Non.

MIRABEAU. — Pourtant la France a envoyé à Paris, le 4 mai 1848, deux mois après la surprise de février, neuf cents représentants qui, tous, d'une voix unanime, et dix-sept fois, ont acclamé la République. — Pourquoi ? — Comment expliquer ce fait contradictoire d'une nation monarchique et orléaniste acclamant la République et proscrivant les d'Orléans ?

Ce sombre problème a bien dès fois assiégé ma pensée, et en voici, selon moi, la solution.

Le suffrage universel est composé d'éléments tarés, débiles et insuffisants d'ailleurs pour la tâche qu'il doit accomplir. L'homme n'est pas doué précisément de beaucoup d'intelligence et de cœur ; disons tout : il est né lâche, bête et fripon. Aussi, dans une crise, qu'arrive-t-il ? — Les lâches tremblent et obéissent aux commissaires ordinaires et extraordinaires ; les imbéciles vont où courent leurs voisins ; les fripons jubilent et, voyant l'eau trouble, se promettent une merveilleuse pêche. Au moment où ils seraient le plus utiles, les cœurs et les intelligences font défaut, et la nation éperdue abandonne ses destinées au gré du

paient une partie de la France, et, hostiles au principe communautaire, ont arrêté dans bien des villes, à Dijon notamment, l'expansion de la révolution du 18 mars hasard ou de la force. Le suffrage universel, dans les crises, a toujours éveillé chez moi l'image des moutons de Panurge : Paris sautant, tout saute en France, même dans le sang, même dans l'abîme !

Or, qu'est-ce que Paris ?...

MERCIER. — Voulez-vous me permettre de vous le dire ?

Quand un coquin est montré au doigt dans son village, qu'il en est quasiment chassé par le mépris et l'indignation de tous, où va-t-il ? — A Paris. — Quand un ex-forçat, surveillé de trop près dans une petite ville et se sentant gêné dans ses faits et gestes, rompt son ban, où va-t-il ? — A Paris. — Quand un ambitieux vulgaire, tourné en ridicule par ses concitoyens, conspué, affamé, impuissant, tend son long nez et ses crocs et flaire le vent de la fortune, de quel côté se dirigent son appétit famélique et son infaillible instinct ? Où va-t-il ? — A Paris. — Tous ceux que le vice obsède, mais que gêne l'opinion publique, où vont-ils ? — A Paris. En un mot, la honte qui se cache, le crime qui a peur, la cupidité impatiente, le vice en rut, tout ce qu'il y a d'ignoble et d'énergique dans la société, tout cela s'écoule et se rue vers Paris Combien de gens ont dit et écrit niaisement : Paris est le cerveau de la France ! — Je dirais avec plus de raison : — Paris en est l'égout ! — Je ne veux certes pas contester qu'il y ait à Paris des hommes remarquables, des cœurs purs, des esprits singulièrement éclairés ; mais ces hommes, quand une tempête éclate, sont-ils toujours les pilotes du navire battu par le vent et le flot ? — Non : au lieu de commander, il obéissent ; au lieu d'être la tête, ils sont la queue : la queue de la queue de Robespierre !

R. BACON. — Je conclus...

A. CARREL. — Attends ! j'ai à te faire une objection de fait...

J.-J. ROUSSEAU. — Et moi, une objection de droit.

R. BACON. — Parle, Carrel.

A. CARREL. — Les Etats-Unis ont pour base le suffrage universel, et pourtant je ne sache pas que l'histoire mentionne un peuple plus libre, plus riche et plus prospère.

R. BACON. — C'est vrai. Mais quelle différence entre la France et les Etats-Unis ! — La France est vieille ; l'Amérique est jeune. La France a besoin de la prudence et de l'hygiène des vieillards ; l'Amérique peut se permettre impunément les écarts, les folies de la jeunesse. La France, depuis 1715, et surtout depuis 1789, tombe de fièvre en chaud mal, elle est épuisée de révolutions et de guerres ; l'Amérique n'a subi qu'une crise, violente, c'est vrai, mais courte et probablement salutaire. Vous êtes centralisés ; l'Amérique ne l'est pas. Vous avez Paris tout-puissant ; elle n'a que Washington faible et inoffensif. La France est un grand tout homogène, sans contrepoids et sans liberté ; les Etats-Unis sont une fédération pondérée et libre. Vous avez à résoudre le problème de la misère, et chaque Français qui vient au monde peut dire à l'Etat : — « Ma place au soleil, où est-elle ? Où est mon champ, le champ où poussera le pain de chaque jour ? Le sol de la Patrie appartient à tous : je veux ma part, ou sinon je m'insurge ! » — Et, comme on ne peut satisfaire à cette mise en demeure, le Français, poussé par le double aiguillon de la misère et de l'envie, naît sous le coup d'un double malheur : pauvre et insurgé ! Dans

l'Amérique, il n'en est point ainsi. Elle a des terri-
toires immenses à donner à celui qui naît, à celui qui
vient, à ceux qu'elle appelle. Comment la question
agraire se poserait-elle dans un pays où les bras man-
quent à la terre, bien loin que la terre manque aux convoitises? En France, on se dispute le plus maigre
sillon; aux Etats-Unis, on offre au travail mille lieues
carrées d'un sol vierge et d'une fertilité inouïe !

Je développerais bien d'autres considérations; mais
celles-ci sont plus que suffisantes, et démontrent sura-
bondamment que l'exemple du suffrage universel en
Amérique ne prouve rien et que ton objection n'est
que spécieuse.

J.-J. ROUSSEAU — Tu viens de répondre à Carrel;
veux-tu me répondre, à moi?

R. BACON. — Sans doute, et je suis tout prêt à te donner raison, si tant est que tu puisses avoir raison jamais.

J.-J. ROUSSEAU. — Tu fais, Bacon, ce qu'ont fait
mes contemporains : tu me juges avant de m'entendre,
et probablement sans me connaître.

R. BACON. — Voltaire m'a souvent parlé de toi, et je
crois pouvoir te juger : quand tu t'élances dans les
sphères du sentiment, tu es, paraît-il, un écrivain remarquable; quand tu veux atteindre au monde des
idées, tu écris moins bien et tu divagues. Homme de
premier jet et d'inspiration, oui; philosophe, non.

J.-J. ROUSSEAU. — Veux-tu néanmoins me répondre?

R. BACON. — Oui.

J.-J. ROUSSEAU. — De quel droit priverais-tu un
peuple de sa liberté, de sa souveraineté? De quel

droit lui dirais-tu : — Tu ne disposeras pas de tes destinées ?

R. BACON. — Tu fais des phrases, rhéteur, et tes
phrases, heureusement, ne prouvent rien.

Je ne nie pas la liberté. Il y a mieux : j'affirme que la
liberté est un bien auquel personne ne peut toucher ;
c'est le droit sacro-saint de l'homme, et malheur et
malédiction à ceux qui osent souiller du moindre at-
touchement l'inviolable Déesse ! — Je ne veux priver
l'homme de rien ; je voudrais lui donner tout. Il est
ignorant : il faut qu'il s'instruise. Il subit l'influence
des tribuns ambitieux ou la loi des riches cupides : je
voudrais le soustraire à ce double joug. Je l'aime,
malgré sa faiblesse et ses crimes ; je l'aime de toute
mon âme ! Mais, c'est précisément parce que j'ai pour
lui un amour sincère et surtout une pitié profonde, que
je ne veux pas qu'il dispose de ses destinées. Le peuple
est un enfant : faut-il l'abandonner à ses instincts, à
ses colères, à ses imprévoyances ? Tout à l'heure, Royer-
Collard disait : — Au mineur, on donne un tuteur ; un
fou, un curateur ; et Royer-Collard avait raison, n'est-
ce pas ? — Eh bien ! prouve-moi que la France est
majeure et éclairée, et nous discuterons ensuite.

J.-J. ROUSSEAU. — Que lui donnerais-tu donc, alors ?

PROUDHON. — La Sophiocratie !

J.-J. ROUSSEAU. — Qu'entends-tu par ce terme barbare ?

VOLTAIRE. — Proudhon, ne réponds pas à ce pauvre
Rousseau et explique-toi.

PROUDHON. — Henri V est impossible : les nobles et
les prêtres ont fait leur temps ; ils sont morts, et les
morts ne ressuscitent plus. Les Bonapartes représen-

tent le despotisme, l'invasion, la ruine, et la France a, je l'espère, chassé pour toujours de son cœur l'idole napoléonienne. Le suffrage universel, contradictoire en théorie, et, dans la pratique, stupide ou dangereux, me paraît impuissant à remédier aux maux du présent et à constituer définitivement l'avenir. Frères, j'en appelle à vous tous : à vous, Platon ; à vous, Voltaire ; à vous, Montesquieu ; à vous, Roger Bacon ; à vous surtout, Hégel, ô mon maître, que reste-t-il encore ?

HÉGEL. — Dis, mon fils !

PROUDHON. — Dans les temps primitifs, les peuples n'obéissent qu'à l'instinct, au sentiment ; — c'est à cause de cela que le sensible et sentimentaliste Rousseau aime tant les sauvages ; — et les prêtres alors sont les chefs naturels, puisque la foi est la plus énergique manifestation de la sensibilité humaine. Puis, la foi s'affaiblit, les passions se développent et imposent leurs terribles exigences. La force devient nécessaire, et les monarchies, doublées de théocratie surgissent de toutes parts. Seuls, les petits peuples arrivés à un état de civilisation relativement avancé, protestent contre la force, établissent des républiques, et affirment une portion du Droit en séparant les hommes en deux classes : les citoyens et les esclaves. Mais, créations hybrides et immorales, ces constitutions républicaines périssent, parce qu'elles ont foulé aux pieds les deux grands moteurs du Progrès : la Liberté et l'Egalité. Survient enfin l'universelle suprématie de Rome, qui n'est ni théocratie, ni république, ni monarchie, et qui a ce mérite inappréciable de donner naissance à la formule suprême des sociétés : au DROIT !

L'enfant était mal né. Les circonstances lui sont

défavorables. Le droit végète et grandit lentement pendant dix-huit siècles. Pourtant cette longue adolescence devait avoir, ainsi que la plante du tropique qui fleurit tous les cent ans et dont la fleur éclate comme un coup de canon, une explosion terrible : en 89, tous les échos de l'Europe répètent le cri de vie, le cri d'affranchissement : — Vive la Liberté ! — Vive l'Egalité ! — Vive le Droit !

Ce fut beau, n'est-ce pas, mes frères ?

J.-J. ROUSSEAU. — Oui, le droit.....

PROUDHON. — Ah ! massacre et malheur ! c'est toi qui l'as empoisonné ! Depuis 93, le Droit malade cherche en vain le remède sauveur. Il essaie de tout : de l'Empire, de la Tradition, de la Monarchie constitutionnelle, de la République, de la Tyrannie, de tous les médecins et de tous les empiriques, et le Droit aujourd'hui, et plus peut-être aujourd'hui que jamais, se tâte, s'interroge et se dit : — Ne vais-je pas mourir ? (Tous les auditeurs de Proudhon baissent la tête sous le coup d'une émotion profonde.) Eh bien, non, il ne mourra pas !

Toutes les formes de gouvernement, théocratie, monarchie, aristocratie, oligarchie, ploutocratie, démocratie, ont été tour à tour responsables du destin des hommes, et pas une encore ne les a conduits au paradis terrestre qui doit être le terme de leur douloureux pèlerinage. Une seule reste à expérimenter : c'est la souveraineté de la raison (1), l'autocratie de la science, la Sophiocratie. — As-tu compris, Rousseau ?

J.-J. ROUSSEAU. — Non.

(1) La loi n'est l'expression ni d'une volonté unique, ni de la *volonté* GÉNÉRALE; elle est le *dictamen* de la conscience généralisé par la RAISON. P.-J. Proudhon, *De la Célébration du Dimanche.*

PROUDHON. — Tu comprendras tout à l'heure.

Jamais peut-être une occasion plus favorable ne s'est présentée et ne se présentera pour inaugurer cette forme dernière de gouvernement : *le règne des savants*. Aujourd'hui la France est en proie à la plus profonde anarchie ; tous les partis sont en lutte ; il ne reste plus que les Prussiens indifférents et la nation, qui songe avec anxiété à ses futures destinées. Elle peut donc introniser le système politique qui lui semblera le meilleur. Qu'elle choisisse le mien, qu'elle adopte la constitution suivante et elle est sauvée.

VOLTAIRE. — Dis-nous ta Constitution.

PROUDHON. — La voici ; — elle est courte et claire :

ARTICLE PREMIER. — La République française a pour devise : — Liberté — Egalité — Justice.

ART. 2. — Le Corps législatif est seul souverain.

ART. 3. — Sont, de plein droit et seuls, membres du Corps législatif tous les citoyens français qui justifieront à la fois des trois diplômes suivants : diplôme de docteur en droit, diplôme d'agrégé d'histoire, diplôme d'agrégé de philosophie.

ART. 4. — Le Corps législatif nommera à la majorité des voix le chef du pouvoir exécutif.

ART. 5. — Le chef du pouvoir exécutif est toujours révocable.

ART. 6. — Les membres du Corps législatif sont, à ce titre, inviolables.

Ils auront cent mille francs d'appointements ; mais ils ne pourront occuper d'autres fonctions publiques, ni exercer aucune profession.

ART. 7. — Le siége du Corps législatif ne pourra

jamais être établi à Paris, et devra être situé à 100 kilomètres au moins de cette ville.

Celle où ce siége sera établi aura une population moindre de 40,000 habitants. Elle sera fortifiée et occupée par une garnison d'au moins 40,000 hommes.

Cette garnison et le général qui la commandera seront choisis par le Corps législatif.

Le chef du pouvoir exécutif aura toujours la même résidence que le Corps législatif.

Art. 8. — La peine de mort est abolie, sauf dans les cas d'attentat contre la présente constitution et de meurtre ou de tentative de meurtre contre un ou plusieurs membres du Corps législatif.

Art. 9. — La présente constitution ne pourra être modifiée qu'en vertu d'un plébiscite proposé aux Français par les deux tiers des membres du Corps législatif.

Voilà ma constitution : j'ajoute quelques commentaires indispensables, et j'ai fini.

Dans l'art. 1er, j'ai remplacé le mot Fraternité par le mot Justice, parce que l'homme est né égoïste et non pas désintéressé ; parce que, avec une collectivité d'égoïstes, on ne peut pas faire une nation de frères ; parce que je crois possible le règne de la Justice, et que le règne de la Fraternité me paraît une utopie, c'est-à-dire un danger. Voici, du reste, la formule de ma devise : — Thèse, — Liberté. — Antithèse, — Egalité. — Synthèse, — Justice.

Dans l'art. 2, j'établis un pouvoir unique, la monarchie de la science, — passez-moi ce mot, Messieurs, — parce que je me suis souvenu de cette parole de la Bible : — Tout pouvoir divisé entre lui-même périra.

L'art. 3 résume à lui seul toute ma constitution ; il

en est l'âme et le ressort. — Au gouvernement de la foi, de la force, de l'argent et du nombre, je substitue le gouvernement de la science : — la science des lois et la connaissance de la filiation juridique, puisque mon législateur est docteur en droit ; la science de la tradition, des révolutions et du tempérament des peuples, puisqu'il est historien ; la science des idées et la puissance de les coordonner, puisqu'il est philosophe.

L'art. 4 n'est qu'une conséquence de l'art. 2 : un seul pouvoir et, pour la mise en œuvre, une délégation de ce pouvoir.

L'art. 5 est aussi une conséquence de l'art. 2. — Puisque le législateur est seul souverain, ce serait porter atteinte à sa souveraineté que de lui imposer un mandataire pour un laps de temps déterminé. Quand un domestique est incapable ou paresseux, on le renvoie ; tant qu'il est bon, on le garde. La révocabilité du chef du pouvoir exécutif empêchera les projets des traîtres et des ambitieux. Son maintien possible peut créer des hommes d'affaires, sinon des hommes d'Etat.

Dans l'art. 6, je dote largement les législateurs pour deux motifs : d'abord, on ne saurait trop payer les citoyens qui ont préféré les rudes labeurs de la science à tous les plaisirs de la jeunesse, à toutes les jouissances d'une société raffinée et tentatrice ; ensuite, comme je leur interdis toutes les fonctions publiques et toutes les professions, il leur est dû une juste indemnité.

L'intention de l'art. 7 n'échappera à aucun de vous. Établir le siége des législateurs à Paris, c'est les exposer aux chances d'une émeute, aux dangers de la centralisation. Souvenez-vous du triste rôle que les tribunes, les sections soulevées et mugissantes ont parfois imposé à la Convention! Je veux que le législateur, incorruptible parce qu'il est riche, calme et recueilli parce qu'il est en sûreté, ne voie pas son devoir céder à son avarice ou à sa lâcheté. Je veux surtout qu'il parle pour convaincre ses collègues, pour affirmer son idée, mais non pas pour conquérir une popularité criminelle.

L'art. 8 abolit la peine de mort. Quel présent plus magnifique ma Constitution pourrait-elle faire à la civilisation, comme don de joyeux avénement! Mais je suis impitoyable contre les attentats politiques, contre les ardeurs des sectaires, des ambitieux ou des fripons : la Révolution ayant, par mon pacte fondamental et suprême, accompli son évolution tout entière, il faut supprimer énergiquement la Révolution et y substituer le Progrès.

L'art. 9 sauvegarde l'avenir, laisse la porte ouverte au Progrès et institue un moyen préventif contre des crises possibles.

J'ai exposé ma thèse et j'en ai donné le commentaire, — frères, qu'en dites-vous?

MARAT. — Pourquoi parles-tu de frères, puisque tu nies la Fraternité?

PROUDHON. — Parce que tous les hommes qui ont du cœur, de l'intelligence et de la conscience sont les frères de tous ceux qui sont courageux, intelligents et moraux; parce que la plupart de ceux qui m'entourent et m'écoutent, et m'approuvent peut-être, ont ces heureux dons. D'ailleurs, il ne faut point t'indigner, Marat, ni t'insurger : je ne te parlais pas!

MARAT. — Renégat!

PROUDHON. — Va cuver ton sang et laisse-nons en paix.

Frères, m'approuvez-vous?

PLATON. — Oui, j'aurais attaché mon nom à une conception pareille, si, dans la Grèce, l'artiste n'avait nui au philosophe.

ROYER-COLLARD. — Proudhon appelle de la souveraineté du peuple à une autre souveraineté, et j'approuve ; car la seule souveraineté qui mérite ce nom, souveraineté supérieure aux peuples comme aux rois, souveraineté immuable et immortelle comme son auteur, est la souveraineté de la raison, seul législateur véritable de l'humanité (1) !

PROUDHON. — Et toi, Voltaire?

VOLTAIRE. — Moi, je dis que tu bâtis un palais avec des illusions. Non pas que tu te trompes, mon fils ; non. Mais, comme tous les esprits valeureux et les cœurs chauds, tu sautes pardessus les siècles et tu avances l'heure à l'horloge de la civilisation.

PROUDHON. — Alors, maître, que conseilles-tu donc ?

VOLTAIRE. — Si j'étais vivant, j'hésiterais peut-être à dire toute ma pensée ; je craindrais qu'on ne me comprît pas et que ma popularité ne fît une culbute au milieu de toutes les sottises, de tous les préjugés, de toutes les broussailles catholiques, légitimistes, jacobinistes et communistes dont la France est hérissée. Mort, et entre nous, je vais dire mon franc mot.

Il y a un nom qui a toujours porté bonheur à la France, quand ceux qui portaient ce nom sont passés de l'opposition au pouvoir et de l'état de prétendants

(1) Discours sur l'Hérédité de la Pairie.

à celui de rois : c'est Orléans. — Louis d'Orléans,
Louis XII codifie la plupart des coutumes, allége les
impôts, mérite le surnom de Père du peuple, et a pour
oraison funèbre les regrets et les gémissements de
toute la France. Philippe d'Orléans, le Régent, — ne
riez pas, Messieurs ; veuillez être justes et comprendre,
aussi bien que moi, qu'il a mis à la Bastille, son rôle
providentiel ; — Philippe d'Orléans casse le testament
de Louis XIV ; fait, le premier, échec au principe d'autorité ; protége Law, c'est-à-dire le crédit et l'associa-
tion, et se fait l'un des choristes du prologue de la
Révolution. Son descendant, Philippe-Égalité, loin
d'enrayer le char révolutionnaire, pousse de l'épaule
et, quel qu'ait été son motif, est l'un des hérauts de la
liberté, jusqu'à ce qu'il en soit la victime. Louis-Phi-
lippe, son fils, pendant dix-huit années, a donné à la
France le plus beau règne qu'elle ait eu. On a dit pendant ce règne-là tout.ce qu'on a voulu et plus qu'on
n'aurait dû dire. On a tout écrit, on a tout fait, même
des barricades, même des machines infernales, même
des séditions à Strasbourg et des assassinats à Boulogne ! Le tout, à peu près impunément. Ce qui n'em-
pêchait pas au peuple d'avoir un travail lucratif et de
vivre honnêtement, à l'ouvrier économe et intelligent
d'amasser un pécule et de se faire électeur, au pays
tout entier d'être heureux et content, ayant la paix avec
la liberté !

Eh bien, puisque, selon moi, le temps n'est pas
venu d'appliquer le système si sage et si simple de
Proudhon, pourquoi la France ne choisirait-elle pas,
au milieu de toutes les prétentions légitimistes, bona-
partistes, républicaines et communistes, la seule can-

didature qui lui présage assez de jours tranquilles pour panser ses blessures et préparer l'avenir?

A mon avis, la solution est là : qu'en pensez-vous, Messieurs?

TURGOT. — Voltaire a raison : la branche cadette est trop débonnaire pour causer à la France les malheurs d'une réaction, et trop intelligente pour qu'on ne mette point en elle toutes ses espérances.

MABLY. — Ce serait la Ploutocratie, merci!

VOLTAIRE. — Et pourquoi donc? Pourquoi les d'Orléans, au lieu d'appeler au pouvoir les riches, qui les ont abandonnés, n'y appelleraient-ils pas les plus capables? Qui te dit qu'ils ne seront pas les précurseurs de Proudhon et qu'ils n'appliqueront pas une partie de sa doctrine? Ils seraient un acheminement, un moyen terme, un progrès, et le mot PROGRÈS doit être la seule devise de l'humanité.

MONTESQUIEU. — Non : L'ÉGALITÉ.

MARAT. — Non : RÉVOLUTION!

VERGNIAUD. — Pourquoi ne dis-tu pas : GUILLOTINE?

PROUDHON. — Il faut dire : JUSTICE!

VOLTAIRE. — Oui; mais, en attendant, prenons l'utile et le possible.

MONTAIGNE. — Voltaire a peut-être bien raison!

18 juin 1871.